COLLECTION PRIVÉE

DE

Feu M. EUGÈNE LEFEBVRE

(TROISIÈME VENTE)

OBJETS DE VITRINE

ÉVENTAILS

TABLEAUX

CATALOGUE

DES

OBJETS DE VITRINE

EVENTAILS, MINIATURES, BOITES

TABLEAUX

ANCIENS ET MODERNES

AQUARELLES ET DESSINS

DÉPENDANT DE LA COLLECTION PRIVÉE

De feu M. EUGÈNE LEFEBVRE

(TROISIÈME VENTE)

ET DONT LA VENTE AURA LIEU, A PARIS

HOTEL DROUOT, SALLE N° 7

Les Jeudi 9 et Vendredi 10 Avril 1908

à deux heures

COMMISSAIRES-PRISEURS

Me F. LAIR-DUBREUIL	**Me HENRI BAUDOIN**
6, rue Favart	*Successeur de Me Paul CHEVALLIER*
PARIS	10, rue Grange-Batelière

EXPERTS

Pour les Objets d'art	*Pour les Tableaux*
MM. MANNHEIM	**M. H. HARO**
7, rue Saint-Georges	20, rue Bonaparte

EXPOSITION PUBLIQUE

Le Mercredi 8 Avril 1908, de 1 heure 1/2 à 5 heures 1/2

CONDITIONS DE LA VENTE

Elle sera faite au comptant.

Les adjudicataires paieront *dix pour cent* en sus des enchères.

ORDRE DES VACATIONS

Le Jeudi 9 Avril

Eventails.	1 à 41
Miniatures, Objets divers.	42 à 83
Boîtes	84 à 100

Le Vendredi 10 Avril

Boîtes (suite).	101 à 170
Tableaux, Aquarelles, Dessins. . .	171 à 205

Paris.—Imp. de l'Art, Ch. Berger et Cie, 41, r. de la Victoire.

DÉSIGNATION

EVENTAILS

1 — Éventail à monture d'ivoire et nacre; sur la feuille : Persée et Andromède. Époque Régence.

2 — Éventail à monture d'ivoire doré, feuille en soie avec paillettes à sujet chinois et draperies. Époque Louis XV.

3 — Éventail à monture d'ivoire argenté et doré; sur la feuille, un paysage et des fleurs. Époque Louis XV.

4 — Éventail à monture d'ivoire peint et doré, feuille à sujet chinois et fleurettes. Époque Louis XV.

5 — Éventail à monture d'os peint, feuille à sujet chinois en grisaille. Époque Louis XV.

6 — Éventail à monture d'ivoire peint; sur la feuille : Vénus et Pâris. Époque Louis XV.

7 — Éventail à monture d'ivoire peint; sur la feuille : Berger près d'un puits. Époque Louis XV.

8 — Éventail à monture d'ivoire peint; sur la feuille : paysage animé de trois personnages. Époque Louis XV.

9 — Éventail à monture d'ivoire doré; sur la feuille : paysage avec trois personnages et un enfant. Époque Louis XV.

10 — Éventail à monture d'ivoire peint en bleu; sur la feuille : paysage à quatre personnages. Époque Louis XV.

11 — Éventail à monture d'os ajouré ; sur la feuille : sujet biblique. Époque Louis XV.

12 — Éventail à monture d'ivoire doré; sur la feuille : personnage offrant des présents à une femme. Époque Louis XVI.

13 — Éventail à monture d'ivoire doré, feuille en soie peinte avec paillettes : sujet mythologique et médaillons. Époque Louis XVI.

14 — Éventail à monture d'ivoire doré, feuille à sujet galant et vases, avec paillettes. Époque Louis XVI.

15 — Éventail à monture d'ivoire doré, feuille en soie peinte avec paillettes à cinq personnages. Époque Louis XVI.

16 — Éventail à monture d'os doré, feuille en soie avec paillettes à trois personnages dans la campagne. Époque Louis XVI.

17 — Éventail à monture d'os argenté, feuille en soie présentant un sujet galant et des pièces d'eau, avec paillettes. Époque Louis XVI.

18 — Éventail à monture de bois, feuille en soie avec paillettes et médaillon décoré par impression : sujet galant. Époque Louis XVI.

19 — Éventail à monture d'os et d'acier, feuille décorée par impression et avec peinture présentant trois réserves. Époque Louis XVI.

20 — Éventail à monture d'ivoire doré et argenté, feuille en soie : le concert. Époque Louis XVI.

21 — Éventail à monture d'ivoire argenté, feuille à sujet allégorique à l'amour. Époque Louis XVI.

22 — Éventail à monture d'ivoire argenté et doré, feuille en soie avec paillettes : scène galante. Époque Louis XVI.

23 — Éventail à monture d'ivoire argenté; sur la feuille : le jeu de l'escarpolette. Époque Louis XVI.

24 — Éventail à monture d'ivoire, feuille en soie à fleurs et paillettes. Époque Louis XVI.

25 — Éventail à monture d'ivoire argenté, feuille en soie à sujet galant avec paillettes. Époque Louis XVI.

26 — Éventail à monture d'ivoire argenté; feuille en soie peinte à sujet galant avec paillettes. Époque Louis XVI.

27 — Éventail à monture d'ivoire uni; feuille avec paysage à trois personnages. Époque Louis XVI.

28 — Éventail à monture de bois; sur la feuille : trois vues d'Italie. Fin du XVIIIe siècle.

29 — Éventail à monture d'ivoire ajouré; sur la feuille : sujet de style antique. Fin du XVIIIe siècle.

30 — Petit éventail à monture de corne : sujet symbolique. Commencement du XIXe siècle.

31 — Petit éventail à monture d'ivoire ajouré; feuille à trois réserves. Commencement du XIXe siècle.

32 — Petit éventail en ivoire ajouré et peint, à trois petits personnages. Commencement du XIXe siècle.

33 — Petit éventail à monture d'os ajouré et peint à fleurs. Commencement du XIXe siècle.

34 — Trois petits éventails variés en corne, du commencement du XIXe siècle.

35 — Petit éventail à monture d'os; feuille en tulle pailleté et fleurdelysé. Époque Restauration.

36 — Éventail à monture d'ivoire peint; sur la feuille : paysage à cinq personnages.

37 — Éventail à monture d'ivoire, à sujet chinois; feuille ornée de fleurs.

38 — Éventail à monture d'ivoire uni; sur la feuille : jeune femme faisant de la peinture.

39 à 41 — Dix feuilles d'éventails, d'époques variées. (Seront divisées.)

MINIATURES, OBJETS DIVERS

42 — Miniature ovale : portrait d'homme en habit rouge. Époque Louis XV.

43 — Miniature ovale : portrait de femme en corsage rouge rayé bleu. Époque Louis XVI.

44 — Miniature ovale : portrait de femme en corsage bleu clair, avec bonnet. Époque Louis XVI.

45 — Médaillon contenant un portrait de femme de profil et un portrait d'homme en buste, en habit violet rayé. Époque Louis XVI.

46 — Miniature ovale : portrait de jeune homme en uniforme blanc. Époque Louis XVI.

47 — Miniature ronde : portrait de femme en corsage blanc. Époque Empire.

48 — Miniature ronde : bacchante étendue dans la campagne. XVIIIe siècle.

49 — Petite miniature ovale : buste de jeune femme endormie, des fleurs dans les cheveux. XVIIIe siècle.

50 — Médaillon, émail : le Duel.

51 — Deux médaillons, émail, camaïeu rose : sujets mythologiques. XVIIIe siècle.

52 — Miniature ronde : portrait de femme en corsage rouge décolleté, bordé de fourrure. Époque révolutionnaire.

53 — Médaillon rond : portrait de femme, écharpe verdâtre, bonnet à ruban bleu. Époque révolutionnaire.

54 — Médaillon ovale, peinture sous verre : sujet allégorique ; au revers, monogramme sur fond parqueté de cheveux. Fin du XVIIIe siècle.

55 — Miniature ovale : portrait d'officier en buste, en uniforme gros bleu. Fin du XVIIIe siècle.

56 — Miniature ovale : portrait de femme en corsage vert.

57 — Miniature ovale : portrait d'homme en costume marron.

58 — Miniature ovale : portrait de femme vêtue de blanc. Époque Empire.

59 — Miniature ovale : figure allégorique, encadrement de stras. Commencement du XIXe siècle.

60 — Miniature ovale : portrait de femme en corsage blanc, cheveux frisés. Époque Empire.

61 — Miniature ovale : portrait présumé de Caroline Bonaparte.

62 — Deux miniatures ovales, par Lermier, *1836* : Paysages. Encadrées.

63 — Miniature ovale : portrait de femme en buste, par Lechenelier, *1833*. Encadrée.

64 — Miniature oblongue : sujets galants dans la campagne.

65 — Petite miniature ovale : portrait de femme en vêtements bleus et chapeau gris.

66 — Miniature : portrait de femme, corsage vert et fichu blanc.

67 — Miniature ronde : portrait de femme assise, vêtue de blanc.

68 — Petite miniature ronde : personnages dans la campagne.

69 — Miniature ovale : portrait de femme en blanc, avec ceinture bleue.

70 — Miniature ovale : portrait de femme assise, vêtue de bleu.

71 — Miniature ovale : portrait de femme costumée en Minerve.

72 — Miniature : Nymphe et satyre.

73 — Petite aquarelle : vue du château Saint-Ange à Rome.

74 — Miniature ovale : portrait de femme en buste, vêtue de blanc.

75 — Médaillon ovale : portrait de femme, écharpe bleue et ruban bleu dans les cheveux. Monogramme au revers.

76 à 78 — Huit miniatures : portraits de femmes et d'hommes, de diverses époques.

79 à 81 — Sous ce numéro : miniatures et émaux variés.

82-83 — Lot d'écrins en galuchat.

BOITES

84 — Boîte ovale en écaille, ornée d'une miniature : portrait d'homme, du temps de Louis XV.

85 — Petite boîte en ivoire et écaille, ornée d'une miniature : portrait d'homme, du temps de Louis XV.

86 — Boîte à mouches, décorée au vernis : fleurs sur fond vert. Époque Louis XV.

87 — Tabatière ovale en écaille brune frappée et posée or. Époque Louis XV.

88 — Boîte en racine, contenant un médaillon allégorique en acier, daté : *1770*.

89 — Drageoir en or, décoré de deux bas-reliefs en nacre : le Jugement de Salomon et trophée. XVIIIe siècle.

90 — Boîte en nacre gravée, montée argent. Époque Louis XV.

91 — Boîte à mouches en nacre gravée. Époque Louis XV.

92 — Boîte en cuivre, couvercle et fond de nacre gravée. XVIIIe siècle.

93 — Boîte plate en argent, couvercle et fond de nacre gravée, à quadrillés. Époque Louis XV.

94 — Boîte plate en argent, couvercle et fond de nacre gravée et argentée, à quadrillés et rocailles. Époque Louis XV.

95 — Boîte en cuivre repoussé et doré, couvercle à fond de verre bleu aventuriné. Époque Louis XV.

96 — Petite boîte à mouches en cuivre doré, du temps de Louis XV.

97 — Tabatière ovale en écaille brune posée or à fleurs. Époque Louis XV.

98 — Tabatière ovale en écaille brune; sur le couvercle, miniature : portrait d'homme en habit bleu. Époque Louis XV.

99 — Boîte ovale en écaille brune posée or et argent à fleurs. Époque Louis XVI.

100 — Tabatière ovale en écaille brune posée or à fleurs. Époque Louis XVI.

101 — Boîte ovale, du temps de Louis XVI, en écaille brune galonnée d'or; sur le couvercle, miniature : jeune femme assise et chat.

102 — Boîte ornée de plaques de nacre, à décor de personnages et habitations. Monture en cuivre doré. Époque Louis XVI.

103 — Boîte à mouches ovale en ivoire; sur le couvercle, miniature simulant un camée, de style antique. Époque Louis XVI.

104 — Tabatière ovale en poudre d'écaille rouge posée or : attributs de l'amour. Époque Louis XVI.

105 — Deux petites boîtes, forme vases, ivoire et corne, du temps de Louis XVI.

106 — Petite boîte, forme lanterne, en bois. Époque Restauration.

107 — Trois petites boîtes rondes et plates, bois et nacre.

108 — Boîte ronde en écaille blonde; sur le couvercle : allégorie de la Fidélité. Époque Louis XVI.

109 — Boîte ronde en écaille brune; sur le couvercle : émail allégorique à l'Amitié. Époque Louis XVI.

110 — Boîte plate, écaille incrustée d'argent; monture en argent. XVIIIe siècle.

111 — Boîte, forme livre, en écaille brune, montée argent. XVIIIe siècle.

112 — Tabatière, de forme haute, en corne, du XVIIIe siècle.

113 — Boîte oblongue, peinture sur émail à fleurs sur fond blanc. XVIIIe siècle.

114 — Boîte, peinture sur émail : personnages. Chasseur au revers du couvercle. XVIIIe siècle.

115 — Petite boîte peinte sur émail, à sujet de bergerie. Époque Louis XV.

116 — Boîte ronde en écaille blonde, ornée d'une miniature : fillette vêtue de bleu, au pied d'une balustrade. Fin du XVIIIe siècle.

117 — Boîte en paille de couleur, contenant un flacon. Fin du XVIIIe siècle.

118 — Tabatière en écaille brune, ornée d'un émail présentant deux enfants. Commencement du XIXe siècle.

119 — Petite boîte ronde en or gravé. Commencement du XIXe siècle.

120 — Boîte ronde en écaille blonde, ornée d'une miniature : portrait d'officier du Premier Empire.

121 — Boîte en écaille blonde, ornée d'une miniature : portrait de femme à mi-corps, du temps de l'Empire.

122 — Boîte, décorée en gris au vernis, ornée d'une miniature : portrait de femme en buste, du temps de l'Empire.

123 — Boîte plate en granit gris, ornée d'un médaillon du XVIIe siècle peint sur émail, présentant la Nativité.

124 — Tabatière ovale en poudre d'écaille rose ; sur le couvercle, médaillon peint sur émail, du XVIIe siècle : buste d'homme en armure.

125 — Boîte ronde, décorée en violet au vernis, ornée d'une gouache : panier de fleurs, portant la signature : *Dumont*, *1782*.

126 — Boîte ronde, écaille lamée or, décorée d'une miniature : portrait de femme, coiffée d'un bonnet, signée : *Moussier, 1784*.

127 — Boîte en écaille brune, ornée d'une miniature : portrait d'homme, datée : *1826*.

128 — Boîte ronde en écaille brune, ornée d'un sujet allégorique à la Révolution.

129 — Boîte ronde en poudre d'écaille grise, ornée d'une gouache : sacrifice à l'amour.

130 — Boîte ronde, décorée au vernis, fleurs et rayures.

131 — Boîte ronde, décorée en rouge au vernis ; sur le couvercle, peinture sous verre en grisaille : allégorie de la moisson.

132 — Boîte ronde, décorée au vernis, ornée d'une miniature : jeune femme costumée en Diane et accompagnée de deux chiens.

133 — Boîte ronde, décorée au vernis d'une petite peinture sur ivoire : personnage de la Comédie italiennne.

134 — Boîte ronde, décor au vernis, marbrures.

135 — Boîte ronde en écaille brune : montgolfière.

136 — Boîte en poudre d'écaille grise, ornée d'une miniature : fillette et jeune garçon.

137 — Petite boîte en ivoire, ornée d'une miniature : portrait d'enfant.

138 — Boîte ronde en poudre d'écaille posée or à semis d'étoiles, ornée d'une miniature : portrait de femme, signée : *J. Guérin.*

139 — Boîte ronde en écaille brune, ornée d'une miniature : femme costumée en Diane.

140 — Boîte ronde en écaille brune, ornée d'un sujet militaire.

141 — Boîte ronde en poudre d'écaille, ornée d'une miniature ronde : jeune femme tenant un chien et assise dans un paysage.

142 — Boîte ronde, décorée au vernis, ornée d'une miniature : portrait de femme en buste, corsage décolleté.

143 — Boîte en racine, ornée d'une vue de château.

144 — Boîte ovale en écaille brune, ornée d'un fixé : paysage.

145 — Boîte, décorée de marbrures au vernis ; sur le couvercle : portrait de femme, en corsage décolleté et portant un petit bonnet.

146 — Boîte oblongue, décorée en vert au vernis, avec rocailles dorées.

147 — Boîte à musique en écaille brune.

148 — Tabatière oblongue en écaille frappée à quadrillés.

149 — Quatre boîtes variées, en forme de souliers, en bois et nacre de diverses époques.

150 — Tabatière ovale en écaille brune, ornée d'une miniature : fête champêtre.

151 — Boîte oblongue en or gravé.

152 — Boîte en or, décorée sur le couvercle d'un bas-relief : tête d'homme en malachite.

153 — Boîte à musique oblongue en or gravé, à décor de disques et rinceaux. Époque Restauration.

154 — Tabatière plate en or gravé à rinceaux.

155 — Deux boîtes, à couvercles bombés, en jaspe.

156 — Boîte en argent repoussé, couvercle en verre aventuriné, fond de nacre.

157 — Boîte plate en argent, couvercle et fond de verre bleu aventuriné.

158 — Boîte en agate et jaspe, ornée sur le couvercle d'un médaillon rond peint sur émail : Adam et Eve.

159 — Tabatière ovale, décorée au vernis, en vieil or ; sur le couvercle, miniature ronde : paysage animé.

160 — Petite cassolette, forme boîte, or, couvercle en nacre.

161 — Petite boîte ronde en ivoire et écaille; sur le couvercle : un coq doré sur un piédestal.

162 — Petite boîte ronde en ivoire; sur le couvercle : jeune femme et joueur de guitare.

163 — Petite boîte ronde en bois et ivoire; sur le couvercle : vue d'un port de mer.

164 — Petite boîte cylindrique en filigrane d'argent.

165 — Boîte ronde en racine; sur le couvercle : coupe de fleurs en bois sculpté, par Bonzanigo.

166 — Boite ronde en racine, ornée d'une peinture : paysage.

167 — Boîte ronde en racine; sur le couvercle: chien et gibier.

168 — Boîte ronde en racine; sur le couvercle : paysage animé avec monument.

169 — Boîte ronde en racine; sur le couvercle, petit bas-relief : amour, en bois sculpté, par Bonzanigo.

170 — Boîte ronde en écaille brune; sur le couvercle, miniature : portrait d'officier en uniforme bleu.

TABLEAUX

AQUARELLES, DESSINS

ANDRIEUX

171 — *Combat en Vendée.*

Signé à droite.
Aquarelle.

BELLANGE

172 — *Dans la neige.*

Signé à droite.
Aquarelle.

BOILLY (Ecole de)

173 — *Parfaite félicité.*

Toile. Haut., 37 cent.; larg., 29 cent.

CUYP (École de)

174 — *Vaches au pâturage.*

Bois. Haut., 38 cent.; larg., 55 cent.

DOERS (S. VAN DER)

175 — *Paysage avec figures et animaux.*

Dessin.

ÉCOLE ALLEMANDE

176 — *Hommes d'armes.*

Deux dessins.

ÉCOLE ALLEMANDE

177 — *Portrait de Femme.*

Copie.

Bois. Haut., 51 cent.; larg., 37 cent.

ÉCOLE ESPAGNOLE

178 — *Saint martyr.*

Cuivre. Long., 17 cent.; larg., 14 cent.

Cadre bois sculpté.

ÉCOLE ESPAGNOLE

179 — *La Flotte portugaise.*

Toile. Haut., 81 cent.; larg., 1 m. 5 cent.

ÉCOLE FRANÇAISE

180 — *Les Plaisirs du bain.*

Gouache.

ÉCOLE FRANÇAISE

181 — *Vase de Fleurs.*

Toile. Haut., 66 cent.; larg., 82 cent.

Cadre bois sculpté

ÉCOLE FRANÇAISE

182 — *Portrait de Femme.*

Forme ovale. Haut., 9 cent.; larg., 7 cent.

ÉCOLE FRANÇAISE

183 — *Paysages et figures.*

Deux petits fixés.

ÉCOLE FRANÇAISE

184 — *Portrait de Jeune Femme.*

Pastel.

ÉCOLE FRANÇAISE

185 — *Le Port.*

Aquarelle.

ÉCOLE FRANÇAISE

186 — *Portrait de Femme, époque de la Révolution.*

Toile. Haut., 69 cent.; larg., 54 cent.

ÉCOLE FRANÇAISE

187 — *Portrait de Femme.*

Toile. Haut., 62 cent.; larg., 46 cent.

ÉCOLE FRANÇAISE

188 — *La Toilette de Vénus.*

Toile. Haut., 66 cent.; larg., 82 cent.

ÉCOLE FRANÇAISE

189 — *Portrait de Jeune Femme en costume Directoire.*

Pastel.

ÉCOLE HOLLANDAISE

190 — *Les Moissonneurs.*

— *Concert champêtre.*

Deux gouaches.

ÉCOLE HOLLANDAISE

191 — *Tête d'Homme.*

Toile. Haut., 22 cent.; larg., 17 cent.

ÉCOLE ITALIENNE

192 — *Paysage.*

Bois. Forme ronde. Diam., 13 cent. 1/2.

ÉCOLE ITALIENNE

193 — *La Fontaine.*

— *Le Naufrage.*

Cuivre forme ovale. Haut.,6 cent. 1/2; larg., 8 cent.

FRAGONARD (École de)

194 — *La Madeleine.*

Toile. Haut., 1 m. 66 cent.; larg., 1 m. 21 cent.

LERMIER

195 — *La Route.*

— *Le Ruisseau.*

Signé et daté.
Deux petites gouaches.

MILLEREAU (Philippe)

196 — *Le Sacrifice d'Iphigénie.*

Signé à gauche.

Bois. Haut., 81 cent.; larg., 90 cent.

MONTFERRAN

197 — *Scène de la Révolution.*

Signé en bas et daté.

Toile. Haut., 39 cent.; larg., 46 cent.

NEEFS (Peter) (Attribué à)

198 — *Intérieur d'église.*

Bois. Haut., 54 cent.; larg., 46 cent.

ROKES, dit ZORG (Attribué à)

199 — *Fumeur.*

Bois. Haut., 26 cent.; larg., 38 cent.

ROTTENHAMER (Attribué à)

200 — *Bacchanale.*

Cuivre. Haut., 17 cent.; larg., 28 cent.

TOURNIÈRES (?)

201 — *Croquis pour un portrait d'Homme.*

Dessin à la plume et lavis.

202 — Un lot de dessins, d'aquarelles et de gravures modernes.

203 — Trois albums contenant différentes gravures et eaux-fortes.

204 — Un lot de cadres divers en bois sculpté et autres.

205 — Sous ce numéro, seront vendus les tableaux et aquarelles non catalogués.

RED. :

16

0 1 2 3 4 5 6 7 8 9 10

www.ingramcontent.com/pod-product-compliance
Ingram Content Group UK Ltd.
Pitfield, Milton Keynes, MK11 3LW, UK
UKHW021037260726
13994UKWH00005B/2217